詩集

光に射られて

目次

光に射られて

I

春

蝶だ
花だいこんに似た
羽根を
いそがしく上下させ
球を描く
竹の小路

兄妹らしい幼子は
川の向こうで
かん高い声をほとばしる

先を駆ける姪が
急に寄って
わたしの指をつかんだ
「早く！　早く！」

ひさしぶりの散歩が
競争に変わる
鮮やかな息を吐き
姪が駆ける
こでまりの下

歌

暗い海を見つめているあなたに
わたしの歌を届けたい
あなたの眼は
北の果てを旅立った
流氷の群れをうつしている
深く沈み
しずかに浮いた
巨大な氷のかけらが
ときおり
するどい叫びをあげながら
ぶつかりあって漂ってくる
透きとおった氷の面に
ふりかかるのは
重くまぶたを閉ざした
雪の精たちの宴

あなたの眼に
暗い海が焼き付いたのは

不意に
光の束をもぎとった嵐の到来
それとも
歩くたびに足裏にこびりついた
濡れた砂の執着
凍りかけたあなたの眼は
低くささやき
切なくひびく
歌の流れなどうつらない
わたしは声をはりあげる

暗い海を見つめているあなたに
わたしの歌を届けたい
凍りかけたあなたの眼が
しずくとなって
溶け出すために
あなたをあたためる
春の風に乗って
あなたをあたためる
春の光に乗って

朝

階下のおしゃべりが
まぶしすぎて
起き出すのを
ためらった
カーテンのすきまから
高く見下ろした
朝の光が
鋭くまぶたを射る

羊のように
眠る耳に
会話の一つまみが
とびこんでくる
寝過ぎた胸は
朝の途上で
ものうい痛みを味わい

いっそ
雨の降り出す
うす暗がりが
始まることを願う

光に射られて

光に射られて
眼を閉じた

電車の窓の外
白い新興住宅
庭先の赤い軽自動車
みどりに揺れる桑の葉
風の中を乱れ飛ぶ
青いビニール袋
きつく閉ざした瞼の奥を
沈んでゆく

光に射られて
眼を閉じた

窓の外は春一番
豊穣な光を迎えるための

大げさな儀式
あふれる陽光だけを
いち早く
窓の内で浴びながら
喜びは
少しずつ沸き上がる
光に射られて

少女

父と母が別れてから
少女の眼に
色とりどりの
フィルターがかぶせられた

セピア色のフィルターは
少女を抱きあげて
頬ずりする
若い頃の父が映った
少女は髭の痛さを
思いうかべ
頬に細い指を当てた

ブルーのフィルターは
半年前の
少女の笑顔が映った
知らされていない平穏のなか

誰にも
はにかんで笑いかけた
髪には
蒼い草の匂いが
しみこんでいた

グレーのフィルターは
切なく母を追う
少女の横顔が映った
見つめすぎて
疲れた眼の色から
人の気持ちまで
変に見え透いて見えた

少女の眼をおおう
色とりどりのフィルターは
ときおり
しずくが落ちると
もろく溶けだした

いつの日か
どんな色のフィルターも
孔雀の羽根のように
光を浴びて
鮮やかに輝くだろう

少女は十五歳だった

昔日

家の硝子戸をあけると
土間があった
小石が埋まった地面は
ラクダの背のように
でこぼこしていた
まっ黒く
すべらかで
陽が当たると
光って見えた

障子を開くと
急いで手まねきを
する人がいた
「大きくなったら
舞子さんになるといい」
私の髪は
細かい
皺の寄った手で

かきあげられた

一人暮らしの
おばあさんを訪れては
西日の入る小窓に
背中をもたれ
芸者さんの髪を
結う手つきをながめた
おばあさんの
茶飲み友達の家へ
孫のように
連れられていった

木の床は
平らで冷たいだろう
窓からうすく
光が差しこむだろう
十数年後のその人は
病院の一室で
ときおり

妙なつぶやきを
もらしているらしい

舞子さんにならなかった
私が訪れたなら
急いで
手まねきするだろうか
泣き虫だけれど
負けん気な女の子を
思い出すだろうか

今の私なら
つれづれの話し相手に
なれたであろうに
昔住んだ
あたりを歩くと
残影ばかりが
せまってくる
遠のく気配は
夏の夕闇のように遅く

高所恐怖症

らせん階段を登ると
わたしの足首は
わずか　ふるえる
纏足をした昔の支那の女のように
凝縮しはじめる

透きとおった布で
幾重にも
縛りあげたつま先から
おそるおそる
片足をふみだす
力をこめて
かかとを付けると
わたしの体は
ふわり　浮き上がる
知らん顔したもう片足が

いそいで
同じ作業にとりかかる

透きとおった布で
幾重にも
縛りあげたふたつの足は
右に揺らいで
左に揺らいで
屋上へと導かれていく
見下ろすと
空気のうずに
包みこまれてしまいそうだ

II

いつかの雛市

寺の門を抜けると
大門通りが広がる

ガラス箱の潮汲み女
漆黒の目と
真っ赤なくちびる
天井まで積まれたガラス箱

バナナを売る男
五房か七房か
両手に掲げて
少し濁った声を張り上げる

固いガムに漫画の絵
枠だけ剥ぎ取るつもりが
ポキッと折れる
うまくいけば何かもらえた

包丁と農具があった
名札の付いた苗木があった
セルロイドのお面
揺らぐ風船
ふくらむ綿あめ
黒ずんだキャベツの焼きそば
幼い金魚
心細げなヒヨコたち

たぶんわたしは
父の後を追っている
わたしの足は頼りない

五十年も前の
記憶の雛市
封印したわけではないが
いつもは忘れている
いつかの雛市

蜘蛛

今朝は
蜘蛛の糸に
透明な雨粒が
無数に飾られている
連なったビーズのように

昨日の夕べ
糸にからまった蝶と蜂
咲きたての梔子につられたか
下の糸を切り
白い羽と黄色い腹を放った
目を凝らせば
巣の中心に二ミリの蜘蛛

雨はやみ
ビーズは消えた
巣はところどころ

縒れてくっきり太く白い
穴も空いたまま
隣の巣から
手足の長い蜘蛛が
ぎろりとこちらを見ている

親子だろうか
夕べは二匹で
豪華な食事のはずだったか

翌朝は
古巣に綿毛一つ
ゆーらゆらりと回ってる
もう誰の味方もしない
あるがまま
凪のまま

土曜日らしさを失っていく

土曜日が
土曜日らしさを失っていく
つとめをやめて
二か月半
雨戸をあけると
あり余る時間の喜びは
帰ってこない

日曜日が
日曜日らしさを失っていく
明日からまた仕事
唇をきゅっと結ぶような
ひきしまる夕べは
帰ってこない

この二か月半
私が教師らしさを失っていく
そんな月日であったのか

これからの
無限ではなく限りある時
私が私に脱皮する
最後の時間であるのだろうか

覚えていた

へえ
はじめて見た
母が言う

食べきれない
大根の頭を輪切りにして
水に浸けた

三ミリの茎が出た
横から丸まった葉が現れた
茎は三つ四つと増え
横にも縦にも伸び始める
十センチになった
葉は筋を付け
広がり始める

もう
しなびたのを浸けたんだよ

へえ
こんなの知らなかった
九十三歳の母が言う

大きくなったら
どうするんだい
食べるんだよ
私が答える

ああ
昨日より伸びたよね
うん
伸びた

昨日の大根を覚えていた
繰り返し何度も
姉妹の今を聞く母が
昨日の大根を覚えていた

暁

まだ明けやらぬ
門柱の上に
黒い固まりがいる
一匹の猫が
ちらりと
隙のない目でこちらを見る

昨夜来の雨はやみ
微細な雨粒だけが
残るような空気
三つ四つ
こうもりが飛び交う
瓦の隙間から巣へ？
時には頭上一メートルを
猫と私を威嚇しつつ
くり返しくり返し
時計回りに旋回する

畳の部屋には
あの猫と
目だけが違う猫がいる
抱きながらまた外に出ると
幼いままの目で
こうもりたちを見上げ
くるりと頭を回す

双子のノラ猫の
ありえたかもしれないが
ありえない別の一生が
交差した朝
こうもりを狙って来たのか
家猫に会いに来たのか
鋭い目に
私に抱かれた猫も
見つめられている

中川の鴨

おととい
水路のような川で見つけた
急いで隠れた三、四羽
草むらの体が
あまりにも小さくて
動かない目に曇りがなくて
梅雨の晴れ間の
空よりも花よりもいいものを見た

きのうは探した
橋の向こう
母鴨の後ろを
そろってゆっくり流れている
六羽の子鴨

けさの母鴨は
せわしなく目配りし

六羽の子鴨は
横向きに流れたり
緋色のくちばしで草をつついたり

七羽がいとおしいのは本能
いや
生まれたばかりの黒目が
ただひたすら母を信じているから
母鴨がゆったりと見せかけながら
全身で子を守っているから

わたしにもあったろうか
疑うことをしらない風
せわしなくまばゆい光
通り過ぎていった記憶

曼珠沙華

上向いた無数の赤いしべ
曼珠沙華があちらこちらに
花魁のかんざしに似て
華やかに
寂しく

とうのむかし
駆け込み寺で目にした
お女郎さんの手紙
男を奪った妹女郎には
何の恨みもない
ただ
男が許せない
紙に手首の血

庭に突然
曼珠沙華が咲いた

すっくと立った茎に
それぞれの花
だから根元から切った
翌年は
真っ白い球根を掘り当て
抉って捨てた

球根のあまりの白さ
どこから生まれる花の赤
わたしの手に
絶望が流れていたのなら
あの日の球根は
鮮やかな血を吐いて
そのまま
すっかり
赤く染まっていっただろう

平安丸

水兵服の父の写真の横に
「軍艦平安時代」とある
気づかなかった
今まで

「平安丸」は
かつて日本郵船が所有し
昭和十六年日本海軍に徴用され
潜水母艦となる
翌年から
補給用魚雷や弾薬を積んで
横須賀を出航
トラック島とラバウルを往復
アメリカ海軍の空襲で火災発生
総員退去のあと
昭和十九年二月十八日九時三十分
転覆沈没した

ユーチューブでは
泡音をたてて
ダイバーが潜っている
緑に苔むした船体
父が触ったかも知れない
甲板や弾丸や水中聴音器
すべてゆらゆらと
珊瑚礁の海底に

甲板は水浸しだったから
水虫になったんだよ
次郎長の子分のように
オオマサ、コマサと呼ばれてね
今頃オオマサはどうしてるかなぁ
今はいない父の声が蘇る

薬師御堂《みどう》

安政四年と墨書きのある
薬師御堂の梁に
空蝉が張り付く
御堂を巡ると七つ
初めて気づいた時は四つ
夏を経て四つ増え一つ減った

蝉は
ずっと前からいたかのように
かぎ爪を深く食い込ませ
生まれる痛みから抜け
つかの間の喜びをつかもうと
飛び立つ　空へ

脇の桜が切られた
直径一メートルほどの切り株は
つぼみを生み出す赤茶色

枝が瓦を傷めたかもしれないが
まわりを薄暗くしたかもしれないが
風雪から御堂を守ってきた
屋根に小路に振りそそぐ花びらは
今度の春から消えた

新たな夏
蝉は生まれてくるだろうか
消そうとする意志があれば
そっくり消える
残そうとする強い意志がなければ
風景は一変する

薬師様が見てきた
安政の飢餓と病い
百五十年後の蝉と桜の涙
ほかに何を見てきただろう
祈りが続く世で

ガラスの向こう

水槽のガラスの向こうで
去年孵化したメダカが泳ぐ
口を付けても
尾びれを振っても
ガラスの内側

「静かな日」と母が言う
施設の部屋の鍵のないガラス戸
空気を入れ替えようにも
揺れてる花まで行こうにも
開かないガラス戸

ガラスの向こうは
ひよどりが椿に隠れる
葉ずれまで聞こえない
蜜を吸うモンシロチョウ
羽音はここまで届かない

ビニルハウスの揺れは聞こえたか
畑の柵の錆びていく音は
雲が混じり合って流れる音は

わたしは日々
見ようとも
聞こうともしなかった
見ようとしても
聞こうとしても
届かないものはあるけれど
ガラスの向こうで
おそらく不思議な音が
鳴り響いていたのに

今日は捜したくなった
ガラスの向こう

森へ

背中を見せた二人は
夜の森へ消えていく
男と女は互いの体に腕を回し
支え合ってもつれ合って
奥深くへと分け入っていく
「森へ」
その絵は
十九歳だった私に
静かな恐怖を与えた

二人はけして振り向かない
このままずっと出てこない
いや、男だけが、女だけが
傷を負って生還するだろう
妖しい直情に取り付かれた木々
互いの妄執で満ちた空
黒服の男と裸の女から
甘やかな破滅が匂ってくる

昨年の暮れ
上野の美術館の「怖い絵展」に
展示されていたらしい
「ムンク」
彼は美しい男だった
不倫ばかりの生涯だった
恋人は別の男に殺された
女が腕を回したくなるような
きっとそんな男だったのだろう

彼と出会わなくてよかった
森を知らずにすんでよかった
絵の女だったかもしれない
知らずに染みこむ
水のような恐怖

旅

「旅でもしないとやってらんない」
むかし年上の友に旅に誘われた
「ソビエトは穴場よ」
とうの昔にロシアと変わった国へ
十二日間の旅に出た

モスクワの
たまねぎのような宮殿
レニングラードの
一日で回りきれない美術館
遊牧民のテントを見て
後に独立するバルト三国へ
シベリア鉄道に乗って
青の都サマルカンドへ
イルクーツクとタシケントへ

だが
早く日本に帰りたかった
今なら
矢絣模様の服を着た女たち
メダルを売る子どもたちに
身振り手振りで話しかけ
道端で売られた瓶の飲料
昼食に手渡されたトマトと固いパン
あの時代だから見られた数々を
写真に残したのに

やってられない思いはどんなだったか
旅慣れた彼女は
名前も忘れかけたほど以前
もっとずっと遠くへ旅立った
かつて若すぎたわたしは
旅と縁のない毎日
今も大事なものを
見落としているような
そんな気がする

公園で

初めて訪れた県庁のある町の
ジオラマのような公園
隅になずなが咲いていた
利根川は水かさを増し
水路と合流のあたり
白くうねっていた
鳩はグルングルンと
喉をふくらませていた

桜を待って
屋台が作られる
花見提灯が張り巡らされる
私は初めて花人となる
落花を踏みながら
石垣を登る紋白蝶を見た
ハの字の羽根で飛び立つ鴨を見た
久しぶりのあめんぼは

水輪を作りこわしながら進む
列を離れた蟻は靴先に登る
見えてくるものが仲間のように
少しずつ増していった

ポケモンを捜して混み合った
俯いたままの男女
彼らは元の居場所へ戻ったか
サングラスを掛けて見上げる空も
毛糸の帽子をかぶって眺める山も
県庁三十一階の大窓越しの風も
一年前と今年と
同じように見えて
本当はすべて違う
平和であれば
きっと巡ってくる春
公園で待っていてくれる春がある

III

子供の時代

ランドセルの子供が十人ほど
わいわい行ったり来たり
男の子が物置の戸を開けてまた閉める
いつもなら
「こんにちは」と声をかけ
すれ違うのだが

　どうかしたの？
　お母さんがいない
学校から塾へ行くはずが
忘れて家に戻ってしまったという
　これから行けば？
　一人じゃあぶないよ
おばさんが一緒に行こうか？
知らない人に付いてっちゃだめだよ
目のくりくりした女の子が
代わりに答える

だから男の子の後を私が付いていく
孫のような年頃の子の後を
ランドセルは小走りに駆け出し
他のランドセルは心配そうに
振り返りつつゆっくり遠ざかる

ランドセルを背負いながら
大声で笑った
泣きながら帰った
誰かが隣にいてくれた
どれもあった気がするが
少しずつ少しずつ
だが　あっという間に遠のいて
子供らの輪に入れば
ぽつんと一人背が高い

椅子

かつて一度もなかった
欲しいと願う椅子
立ち疲れて座る椅子はあっても

硬そうな板の机の後ろに
驚くほど垂直な背もたれ
背中の湾曲に沿って
もっとたわんでもいいのに
回りこむと
くるぶしまで届く板に
すっくと大きく
菖蒲に似た花一輪

デザインしたその人は
旧制中学の卒業写真で
証書を丸めて顎に当て
すこし首をかしげている

板に寄り掛からない
背骨だけで
まっすぐ座る人

人を拒む背もたれ
皮張りらしいオリーブ色
焦げたような花の黒
どれも素敵で
こっそり座りたくなる

今はだれも座れない
文学館に展示された椅子
朔太郎の背中しか
似合わない椅子

漂流

もしも
冬眠している熊だったら
穴の中で産んだ小熊に
あれを食べさせよう
あそこにも連れて行こうと
雪が融けてからやりたいことを
あれこれ夢見ているだろう

もしも
地中のムスカリの球根だったら
まず目立たないよう葉を出して
それから思い切り紫の飴に似た
花を一つ咲かせようと
春一番の風音にふるえながら
しっかり思い浮かべているだろう

もしも
間近に北へ帰る渡り鳥だったら

行く先に見知った川があって
変わらない木々があって
今と少し違うごちそうがあって
仲間と一緒に羽根を休める
そんな朝を信じて
飛び立っていくだろう

いま人は
もしも自分がと怯えながら
不安の海を漂う舟
見慣れた岸はどこにあるのか
どれだけ漕げばたどり着くのか
次第に荒れる波にもまれて
それでも
かつての当たり前だった風景を
かならず取り戻そうと
ひたすら
漕いでいる

河津桜

太陽が雲間から出たり入ったり
涼しくなったり
まぶしかったりして
帽子を忘れたまま
しばし河津桜の並木を見ていた

鳥たちは
花びらにクチバシを入れると同時に
飛び立ちもせず
あふれそうな濃い桃色と
細すぎる黒い枝枝と
五月のような真青な空とのあわいを
何度も止まり飛んで
花びらを降り注ぐ

鳥となって
母が

父が
むかしかわいがってくれた人々が
無心に遊んでいるような

わたしの体は透明にもなれず
ペットボトルのお茶を飲み
ベンチに並んですわった人の
他愛ないおしゃべりを聞く

河津桜に近づけば
蜂が付かず離れず飛び
目白は枝枝にぶら下がり
落ちそうな瞬間飛び移り
きゃきゃと声が聞こえそうだ
枝枝はますますからみあって
花鞠はいよよ濃さを増して
わたしはわたしとして
そこに立っている

洗面器

私はひとつ
洗面器を持っている
それは透明な水で満たされている
落葉一枚乗ったなら
表面張力で支えているけれど
小石一個投げ込まれれば
水滴を飛ばしてこぼれてしまう

私は長いこと
洗面器を抱えていた
小石だと後でわかった時には
洗面器の水色を
自分の色のように映しながら
いっときさっと流れ出した

私は胸に
洗面器を抱えたままでいる

この頃は最初から
縁すれすれの水はやめて
せっかくの透明がこぼれ出さないように
減らしておいた

洗面器の上部は
いつか
何が落ちてきてもいいように
何かを待ちかまえているように
透明な水が張られていない
それは
何かが欠け
何か別のものが潜んでいる
少しあきらめに似た
それでも希望に似た
空白

面影

資材置き場のような空間に
横向いた
車椅子の老女がいた
俯いて
腿や肘のあたり
毛玉をずっと取っている

赤茶けた髪
マスクで隠れた頬が似ている
何より
あれほど器用だった母が
何もすることがなくなって
毛玉ばかりを取っていた
あの姿そのままだから

時空を超えて
あの世の人が姿を見せること

ありえるだろうか
だとしたら
母は今も車椅子で
それはそれで悲しい

五月の風は
私を包んで避けて
通り過ぎる
県境の橋を渡れば
アカシアの花が匂い立ち
遠いむかしに飲んだ
山羊の乳の味のよう

橋を戻ろう
声をかけずに立ち去ろう
会いたかった自分に
気付いてしまった昼

立葵

さようなら
立葵を切りました

まき散らした種
広がっていく葉
深紅の花が
ぐんぐん下から咲きました
廊下から同じ高さで
庭では私の背を抜いて

晴れた日は
真っ赤なひだに
蜜蜂がひっきりなしに訪れ
咲き終わった花は
ぽったり落ちて
雨の日は
小さな灯台となって

「今日の感染者数」と
繰り返すニュース
動かない時間は
よどんだ底から少しずつ
にじむように流れていて
立葵の葉は
くるくる巻かれ
何かが棲みついて

葉を切って
てっぺんのしぼんだ花を取って
ねばつく指で
種をすっかり取れば
もうすぐ梅雨が明けます

ありがとう
立葵を切りました

どこかへ

階段の前で迷う
二階か三階か
教室は
どの校舎だったか
向かいだったか
遅れてしまう
入り組んだ校舎の
似たような教室
どこも記憶があるようで
本当は違っているようで
行ったり来たり焦っている

エレベーターで屋上へ向かう
家はこんな所だったか
途中の階のドアの向こうか
ボタンを押して下りたり乗ったり

帰れないかも
エレベーターはこんなに揺れたか
これほど狭いか
しきりに不安が増してくる

韓国ドラマが楽しみの
刺激のない毎日は
早く過ぎ去るだけなのに
ときおり
真夜中に
学校の階段が現れ
エレベーターの扉が開く
それは
過去の出来事のような
これから起こりそうな
私を誘う
どこかへ

誕生

暑いくらいの一日
メダカが孵化した

水面近くを
真っ直ぐ泳ぐ
仲間にぶつかりそうなら
跳ねたように逸れる
指に乗せれば
消えてしまう
網を入れれば
貼り付いてしまう
切った爪の先ほどの
もろさ
危うさ

黒い目玉と
透明な尻尾

半月のような栄養袋を
おなかに抱えて泳ぐ
プラスチックに囲まれた
四角い水が
狭いと知らぬまま
ひたすら
しっかり泳ぐ

しばらくは
水草が腐りかけても
水を足すだけで
確かな命を見ている
そのうち
お腹の袋がへこんで
骨と内臓が透けて
肌がうすい朱に色づく

空へ飛んでいく風船のように
空に溶けていく雲のように
メダカは泳いでいる

この場所

この場所が
木漏れ日のように
あたたかくて
甘いから
ずっとここにいます

その場所が
霜柱のように
つめたくて
ちくちくするから
そっとそこからのがれました
かつてはいっしょに輝いた
同じ目の人はもういません

あの場所が
綿菓子のように
なつかしくて

遠いから
夢であそこをたずねます
目覚めても
ときおりは漂っています

この場所に
いごこち良くても悪くても
自分でえらんだ座布団があり
そこから
空を見上げます
あそこから
育ったひなが羽ばたきます
食べ残した米粒を待って
木の枝にやってきます

どこにいても
かすかな胸さわぎは
潜んでいますが
いま
わたしはここにいます

シリウス

帰り道
シリウスを見つけた
かつては何かに囚われ
この頃は
何かを見失ったようで
しばらくぶりに出会った光

天を独り占めして
光の尾をまっすぐ揺らして
つよく輝いている
そのまま撫でたら
きっと滑らかだろう
少しかじったら
キーンと冷たいだろう

誰かが名付けた
天狼星の名

絶滅の狼の片目なのか
車と街灯の照らす
天の底は
へんに明るい
耳を澄ましたら
さびしい音が聞こえるだろうか

いつかは
よく知った顔が
この世へ戻るため
しばし
時刻表を見上げては立ち尽くす
駅のホーム
そんな青でもあるような
シリウスの
まぶしさを増す夜

大風の日に

大風の日
葉のないメタセコイアは
頭を振るように
ぐらぐらと揺れていた
池は
投網をひそめているように
小刻みに
さざ波を立てていた

「一家族一つにして下さい」
いつもは空っぽの
東屋の鯉の餌は
十ばかりも余っていて
鯉は
うろこをぶつけ合いながら
ぬめぬめと身をよじって
寄ってきた

鴨は
遠巻きに一斉に
こちらを向いた

マスクをして
眼鏡をして
ニット帽をかぶって
この頃
消えかけている顔
言葉を飲み込んでは
退化しつつある喉
風にあおられて
風がしみ込んで
少しずつ
あらわになって
目覚めてくるもの
叫びたいこと
取り戻したいものが
立ち上がってくる

地下鉄の街

わたしの町は地下鉄がない
二、三両の電車が
一時間に二、三本ずつ
北へ南へ
青空を押し上げながら
がたごと走っている

わたしの町は地下鉄の駅がない
マスクどころか
着のみ着のまま避難する
広い廊下のような通路
うつむいて涙ぐむ少女
血走った目の男
思わず
テレビのスイッチを切る

地下鉄の街は
過去だったはずの戦争が

避けようもなく
足元に忍び込み
現実となってしまった
侵略者は無表情のまま
爆撃を命じた

踏切の遮断機が下り
地下鉄のない町に
車がつぎつぎ停まる
足踏みをしながら
未来を待っても
のしかかる動悸と怖れ
すでに
この町まで
覆い始めたような
うす墨色に濁った空

声

光のように
よみがえる声がある
私の名を呼ぶ
少ししゃがれた声
何十年も会っていないが
写真すら持っていないが
何かを期待して
ほめてほしくて
浮かんでくるのか

渦のように
思い出す声がある
おだやかで
匂いと湿りのない笑い声
何十年も会っていないが
遠く離れて会えないが
温かかったから

まっすぐだから
また聞いてみたくて

沼のように
思い出せない声がある
時がたちすぎて
よどんだ日もあって
どれを言い訳にしても
たぶん合っていて
少し違って
身近だったはずが
思い出せない不思議

もどかしい断片を
寄せ集めれば
転写した紙のように
濃くうすく
きっと
確かめたかった
人の声

【あとがき】

読み返してみると、直したくなる詩が多い。だが、直したいのは今の自分で、当時の自分とはどこか異なる。詩を書いた時の思いを大事にしたいから、なるべく直したくないと思う。

作品Ⅰは、二十代前半の詩だ。感性が今より瑞々しく、雰囲気も少し違うようだ。定年退職後にまた詩を書き出して、若い頃の感性を取り戻そうとあせったりもした。書きたいことは次々に出てきた。それが作品Ⅱである。詩によっては散文のようだと言われることもあったが、その時期を経て、詩らしくともがいて、作品Ⅲが出来上がった。少しずつ変わってきただろうか。どれも上毛新聞の「詩壇」に載った作品である。

火種の一行からまとまった炎となるまで練って、詩を生み出す。火種はその時々の自分が詰まっている。

詩集をお読みいただけることに感謝です。

著者略歴

清水静子（しみずしずこ）

・1956年　群馬県生まれ
・昭和56年度「歌」、57年度「昔日」で島田利夫賞佳作
・昭和56年度「少女」で上毛文学賞（詩部門）佳作
・平成30年度「公園で」で上毛文学賞（詩部門）受賞
・令和4年度「この場所」「シリウス」「大風の日に」「地下鉄の街」「声」で群馬県文学賞受賞

詩集　光に射られて

二〇二三年四月十二日発行
著　者　清水静子
発行者　富沢　悟
発行所　榛名まほろば出版
〒三七〇―三五〇四
群馬県北群馬郡榛東村広馬場一〇六七―二
TEL・FAX　〇二七九―五五―〇六六五
http://harunamahoroba.art.coocan.jp/
振替口座　〇〇五四〇―五―八〇四七九
ISBN978-4-907880-08-8
C0092¥1500E
定　価　本体一五〇〇円＋税
印刷所　上武印刷株式会社